적빈을 위하여

새로운 눈 시선 ①

적빈을 위하여

김석규 시집

새로운눈 ^^

기획위원
최 영 철, 정 일 근, 유 종 화, 박 철

自序

마흔 해를 버텨오는 사이 시도 많이 축났다.

시는 쓰면 쓸수록 불어나는 것이 아니라 오히려 줄어드는 것임을 최근에야 알게 되었다. 말을 아끼는 데 좀 더 자중하고 엄숙해야 했었는데도 무절제하게 남용하고 오용하지는 않았는지 모르겠다. 그러나 시의 중심에서 결코 어느 한 곳으로 기울어지거나 딱딱한 껍질 속에 갇혀지는 것을 철저히 경계하고 근신해 왔음도 고백하지 않을 수 없다. 너무 굳어졌거나 무르지도 않고 촉촉이 젖어 있어 언제나 삶의 끈끈한 체취가 배어나는 시를 빚기 위해 무던히도 애를 태워왔지만 역부족이다.

시인은 많아도 시가 없다는 우려의 목소리가 높은 시대를 헤쳐가며 시의 옹호자로서 빛나는 말의 사원을 축조하기 위한 노력은 아직도 유효하다.

한 권의 시집을 엮는 일만큼 가슴 떨리고 저려오는 일이 또 있을까. 스무 권이 넘는 시집을 내었음에도 이러함에랴. 이번의 시집은 내가 가장 신뢰하는 정일근 시인의 뜨거운 노력에 오로지 힘입어서이다.

그저 고맙고 미안한 마음뿐이며 출판을 맡은 [새로운눈]에도 깊은 감사를 드린다.

2002년 6월

김 석 규

시인 김석규는 1941년 경남 함양에서 태어나 향리에서 중·고등학교를 다닌 후 부산사대 미술과, 부산대교육대학원을 졸업했으며, 1965년 <부산일보> 신춘문예 시부문 당선에 이어 <현대문학>지에 '봄언덕'(1965. 10월호), '초동'(1966. 6월호), '삼천포기행'(1967.2월호)으로 청마 유치환의 추천을 거쳐 등단한 이후 '파수병'(1967), '늪에다 던지는 토속'(1968), '풀잎'(1974), '닭은 언제 우는가'(1976), '백성의 흰옷'(1976), '남강 하류에서'(1978), '대문을 열어놓고'(1982), '저녁 혹은 패주자의 퇴로'(1985), '우울한 영혼의 박제된 비상의 꿈'(1987), '먼 그대에게'(1989), '초혼집'(1990), '혼자 남은 시간'(1991), '쾌청'(1992), '먼 나라'(1994), '고장난 희망'(1995), '섬'(1999), '삼국유사의 마을'(2000), '태평가'(2001) 등 다수의 시집을 간행하여 경남도문화상, 현대문학상, 봉생문화상, 부산시인협회상을 수상한 바 있으며 부산 시인협회장을 역임하였다.

교직 경력으로는 1961년 경호중학교 강사에서 출발, 진주여중·고 교사, 삼현 여중교감, 경남교육청 중등교육과 장학사를 거쳐 언양여중·언양여상·울산서여상 교장과 울산군교원연합회장을 역임하였으며, 이후 울산광역시교육청 중등교육과 장학관, 울산교육연수원장을 거쳐 현재는 울산광역시교육청 학무국장으로 재직하고 있다.

■ 제1부 ■

▪ 제2부 ▪

9

10

1

적빈을 위하여

방어진으로 와서 만호장안의 바다를 소유하기로 한다.
옆구리에 끼고 온 것이란 때 묻은 담요 한 장과
고단한 몸 눕혀 아름다운 꿈 청하기에 넉넉한 베개
이제 와서 보니 이것도 한갓 무용지물에 지나지 않는다.
밤마다 뒤척이는 바다를 베고 잠들 수 있고
아무래도 시린 어깨는 한 자락 파도를 끌어다 덮을 수 있으
니
가난은 나의 고향
가난만이 살림의 밑천이었던 어머니의 무덤
기둥에 머리를 처박고 마루 끝에 앉아 있던
번번이 남루의 헌 보따리를 들고 오는 가난이여
오늘은 내가 가진 바다를 죄다 돌려주려 한다.
해 돋는 아침과 달 오르는 저녁의 바다 봉두난발이 되기 전
에
언제라도 풍족하게 머물다 가도록 자리 비워 두었으니
어려워 말고 문을 두드려라. 밤새 불을 밝힐 기름도 있으니
그러나 어쩌랴 저 무변의 바다를 다 소유하고도 빈주먹뿐
이다.

이순의 한나절

대왕암 고래 턱뼈에 수평선이 걸려 있다.
몇 십 년 만에 보는 추위도 한 풀 누그러져
음력 섣달의 하순 쪽으로 가고
회항하는 고래의 검푸른 등에 일어서는 청람빛 바다
모처럼 방어진에 온 이영걸 홍해리 시인과 나누어 보고 있
다.
이십오 년 전 우리 처음 만났던 진주
촉석루 아래로 남강이 흐르고
아직도 따뜻하게 묻어나는 세월
밤새도록 마시다가 그것도 모자라 이튿날은
삼천포까지 가서 바다를 불러다 놓고 또 마시고
그 여름 푸르던 삼십대를 훌쩍 뛰어 넘어
이제는 환갑이 되었거나 이미 지나 귀밑에 서리가 내리고
아득한 그리움의 그 너머에 눈길 가 머물 수밖에
하얗도록 서 있는 등대의 불빛 서늘한 등탑에 올라
비워 둔 자리 주섬주섬 바다를 퍼 담는 이순의 한나절
날이 가면 갈수록 추억은 늙지 않고
아직도 귓가에 쟁쟁 울리는데

14

저만치 가다말고 문득 돌아서서 목을 껴안는데
모처럼 방어진에 온 이영걸 홍해리 시인
바다가 먼저 알아보고 하얀 버선발로 달려온다.

방어진에 내리는 비

머리에 붉은 띠를 두른 바다안개가 몰려온다.
다급해진 해안은 무적을 울리며 맨발로 달려 나가고
오늘도 방어진엔 비가 내린다.
일렁이는 바다의 벽이 허물어지는 순식간
비는 검은 보자기를 둘러쓰고
기중기의 최상단부에서 한참을 웅성거리다가 투신한다.
울기 등대를 돌아 방어진에 오는 비는
이미 흥건하게 넘쳐나는 바다과 내통하고 있었는지
이제는 더 젖을 것이 남아 있지 않은
우울한 소리와 함께 흘러내리는 비애
한 가닥 희망의 도로는 침수되고
아직까지 하루의 노동을 끝내지 못한
남정네들이 검게 탄 근육으로 밀어부치는
곰팡이만 증식하는 음습한 날의 우수의 행진
젖어서 펄럭이는 검은 보자기를 둘러쓰고
바다로 가득 찬 창마다 불이 켜질 때를 기다려
오늘도 방어진엔 비가 내린다.

바다 소견

바다를 건너가기엔 이제 너무 멀고 푸르다.
벌써 몇 날 며칠째 날이 흐리고
오랜 세월 역력히 파도의 주름살만 남은
묘망한 바다는 돌아앉아서
아직도 다 버리지 못한 슬픔만 무너뜨린다.
심심해지면 지레 바다로 돌아가는 바람
갈매기는 섬 하나를 물어다 놓고
언제나 젖어 있는 노동의 날개를 널며
일상의 풀린 고삐를 수평선에 나란히 맞춘다.
날이 지면 칠흑의 바다 기슭에 흔들리는 정박
밤마다 하늘로 오르는 뱃길을 위하여
눈매 고운 인어들이 타다 남은 촛불을 밝힐 무렵
잠을 이루지 못하는 수부의 꿈은 출렁이고
해안선을 따라 기다림의 발자국만 하얗게 남는다.
아침이 되어 비로소 창을 열고 돌려보낸
바다는 지금쯤 어디에 가 닿았는가
봉발의 무적을 울리며
한 때 격정의 물너울 지나간 내면의 풍경 위로

자꾸만 겹쳐지는 바다는 이제 아득하기만 하다.

겨울 장미

뜨거운 사랑은 혹독한 계절의 형벌로 견딘다.
벌도 나비도 날아오지 않는 후미진 폐원에
오월의 장미빛 짙은 향기를 채우며
빙점에서 오히려 펄펄 끓어오르는 정염
한 해가 다 저무는 거리에 눈이 내리고
멀어져 가버린 사랑을 기다리는 것일가
사람들은 다리 위에서 시계를 보고 있다.
철없이 가시에 찔려 피를 쏟던 사랑
푸른 가을을 건너오는 동안 맑게 걸러지고
거짓과 꾸밈의 부정스런 티끌마저 다 날려버린
진실되고 가장 아름다운 것만이 꽃으로 타는
영하의 계절에서 홀로 요염한 사랑 달아오른다.

방어진 종점

장다리꽃들은 바다를 한 번 보고 싶어 한다.
짭잘하게 불어오는 바람에 고개를 꺾고
하루 종일 실컷 흔들려 보았으면 한다.
부르면 언제든지 달려오는 푸른 파도
가장 가까이에 바다를 쌓아 두고
이제는 바다로 나갈 일도 없어진 사람들
듬성듬성 햇볕에 나앉아 선하품을 하며
속절없는 세월로 반백이 다 되어
반쯤은 열어놓고 바다를 퍼 담지만
낯 선 곳을 떠돌던 사람이 와서 밟고 지나간다.

달무리

바다는 오늘도 파도소리 하나를 내려놓고 잠든다.
밤새도록 흔들리는 집어등 불빛 따라
가만히 앉아 있지 못하는 마음도 실없지만
발밑에 와서 헝클어지는 풀벌레 소리는 또 어찌할까
하늘을 다 가리고도 남을 잎이 넓은 나무들은
벌써 서풍이 불어오는 쪽으로 귀를 열고
적막만이 모든 소리로 남는 푸른 밤의 둘레를
그림자 앞세우고 가는 중천에 문이 열린다.

방어진 시첩

날이 어둡고도 한참을 지나서야 밥상머리에 앉았다.
지천으로 널린 솔잎을 긁어다 태우고
무 배추 상추 쑥갓 고추 그리고 옥수수 씨를 뿌리기 위해
언 땅 깊게 파헤쳐서 고랑을 짓고
조금은 허출한 식욕의 희미한 불을 밝히는 저녁
밥 한 그릇 물 한 사발
이 저녁의 성찬에 감사한다.
부엌문 쪽에서 소나무들은 어두운 빨래를 말리고
외로이 왔다 쓸쓸하게 돌아가는 파도소리
손을 내밀어 보이지는 않지만
팔을 베고 돌아눕는 아랫목에 바람을 갖다 놓으며
바다는 가까이 있으면서 벌써부터 다 알고 있었다는 것일
까
밤마다 소금으로 지피는 불빛 하나
자정의 적막한 허공에 가 걸린다.

저 푸른 바다

밤새 어둠을 끓인 바다 위로 해는 굴렁쇠를 굴린다.
강인한 의지의 핏발 선 목소리 파도는 달려오고
만선으로 출렁이는 아침을 물고 날으는 은빛 날개
오로지 깃발인양 밝은 내일의 도전을 게양한다.
이제 막 푸른 불길 번지기 시작하는 해원의 만경창파
비옥한 희망의 들녘과 무수한 이상의 구릉을 지나
흰 눈썹을 한 야생마들이 떼 지어 갈기를 날리며
발굽소리 소나기로 몰아 수평선 멀리 달아나는 아침
끝없이 트여 있는 바다로 가슴을 열어라. 꿈을 펴라.
일찍이 예비해 둔 내일이 손짓하여 부르고 있으니
숨 가삐 달려가 햇덩이를 들어올리고도 남을 힘이 솟는다.

축제

여름이 썰물 져 간 바다에는 푸른 파도만 살아 있다.
젖은 머리카락을 날리며 달아나는 백사장의
수평선에 걸려 넘어지던 젊은 나신들의 팽만한 곡선
돛폭 가득히 장미향기의 바람을 매달아 배는 떠나고
기억한다. 폭양 아래 눈부시던 청춘은 너무도 짧았음을

송도에서

저녁이 오면 항구는 흔들릴 줄 안다.
하루의 젖은 그림자를 불빛에 말리며
저마다 서둘러 바쁘게 돌아가는 길목
삶이라는 무미건조함의 이정표
파도를 넘어 두 줄기 항적과 함께
속절없이 시들어버린 젊은 날의
불타는 욕망의 푸른 바다
텅 빈 가슴에 쓸쓸히 고일 때
서늘한 목소리로 돌아앉는 방파제
두드리면 쉽게 열고 닫을 수 있는
아직도 바다는 출렁거리고 있을 테지만
이제는 더 잃어버릴 무엇도 없이
바다를 딛고 올라가는 계단 앞에 서서
잠시 내려놓아야 한다. 부서지는 파도로
하나 둘 멀어져 가는 정박의 비망록을
끝까지 고집하는 아름다운 투신을
또 무엇이라 이름 지어 부를까
한 연대를 적시고 지나가는 마지막 꿈

유혹의 독배로 혹은 적막한 낭만으로
저녁이 오면 항구는 흔들릴 줄 안다.

봄 밤에

겨우내 기척이 없던 나무에 꽃등이 걸린다.
지붕 위로 올라가 오래 된 이름을 부르는 소리
파릇파릇 풀빛 돋는 무덤마다 돌문이 열리고
부활하는 사람들이 옷차림도 눈부시게 걸어 나온다.
신발을 끌며 푸른 달무리 속으로 떼 지어 들어간다.
모든 마을로 이어지는 길은 온통 흥건한 꽃그늘
비누거품이 다 된 아지랑이는 초저녁부터 날아다니고
저승의 안부가 몹시 궁금한 사람들은 달무리까지 따라간다.

떠도는 자의 가을

까치밥 너머 하늘이 문득 눈에 시리다.
여덟 개의 발을 가진 바람은 풀밭에 쓰러지고
칼을 뽑아 목이라도 칠 듯이 달려오는 억새들
탕진해버린 더 많은 시간들을 뒤돌아보는
몇 켤레 세월의 젖은 발바닥을 핥으며
도저히 잠을 이룰 수 없는 긴 밤이 온다.
이제 물이 빠진 광택마저 시들어버린 꿈
어디로 갈까. 찬 기러기 소리 하늘 끝에 저무는데

2

달밤

마을의 개들이 모여들더니 달 속으로 걸어 들어간다.
검둥개도 누런개도 흰개도 붉은개도 모두 푸른 옷이다.
하나같이 목에다 방울을 달고 짤랑짤랑 소리를 흔든다.
칼을 든 무당은 아직도 작두날 위에서 춤을 추고 있다.

방어진에서

정박 중인 배 몇 척 그리다 만 그림으로 떠 있다.

높이 걸린 기중기의 늑골 사이를 빠져나온 바다는 푸들거리고

울기공원에서 놀던 바람은 변두리 마을로 떠내려간다.

황금빛 성냥개비를 수북이 쌓아놓고 서 있는 낙락장송

타고 온 나귀는 이제 너무 늙고 지쳐서 비끄러맬 곳이 없고

하루의 노동이 아직도 끝나지 않은 갈매기의 날개는 푸르도록 아프다.

푸른 저녁

눈썹 밑에 등불이 걸린다.
길게 그림자 끌고 가는 일몰
잘 씻은 호미며 삽을 헛간에 걸어두고 나올 때
하늘의 어느 마을 뒷산에 산불이 번진다.
학교에서 돌아와 곤한 잠에 들었던
아이들은 황급히 일어나서
긴 장대를 둘러메고 달려가고
제 키보다 더 큰 물통을 이고 달려가고
완장을 찬 한 아이는 호루라기를 불며 달려간다.
하루 내내 함께 했던 들녘 끝이 어둑어둑 해 오는
순식간에 마을 안은 텅 비어서
팔을 걷어 올린 어른들은 언덕에 올라 별을 헤며
아이들이 돌아올 때까지 기다릴 수밖에 없다.
눈썹 밑에 등불이 걸리는 푸른 저녁이다.

탑승

하늘의 한 마을 목화밭을 지난다.
우기의 눅눅한 곰팡내를 내려놓고
창을 열면 햇빛 무량으로 퍼붓는
눈부신 구름의 궁전을 지나
건초향기 지붕 밑에 흰 빨래
한낮의 양떼를 몰고 가는 오수의 시간 속
앞치마 반쯤 걷어 목화송이를 퍼 담는
한껏 부풀어 오른 가슴의 마을 큰 애기들
푸른 이랑마다 바람을 풀어 놓고
춤추는 잎새들의 부챗살에 땀을 식히는
가도 가도 끝없는 목화밭을 지나며
호우로 물에 잠기는 지상의 궁금한 소식
목화밭 언덕 아래 더 멀리
문틈으로 형광불빛 새어나오는 집들과
된장이 끓고 있는 부엌과 젖은 신발들
우기의 골목마다 질펀하게 곰팡이는 돋고
잠시 떠나와서도 그리운 그리워지는 동네
지금 하늘의 한 마을 목화밭을 지난다.

팔공산에서

이제는 산이 조금씩 보인다.
산은 오르는 것이 아니라 그 너그러운 품속에 안기는 것이
지만
잡다한 소음과 온갖 공해로 얼룩진 남루를 벗어버리고
선연하게 맑은 피 들는 푸른 날개를 퍼덕거리며
맥맥히 이어진 줄기마다 날아오르는
비로소 산이 조금씩 보인다.
더위 먹은 삶은 때때로 가리워지고
감당할 수 없는 무게에 눌려 저절로 불어나는 아픔
어느 사이 산으로 들어앉아 벗을 삼았는지
넉넉한 바람에도 흔들리지 않고
입추를 지나 온 구름 눈부시도록 흩뜨리고 있으니
거처하고도 남을 마음의 빈 방 한 칸
어느 그늘이면 내려놓을 수 있을까
이제는 산이 조금씩 보이기 시작하는데

봄이라고 봄이 온다고

이제는 아무도 믿지 않는다.
봄이라고 봄이 온다고
이른 황사에 누렇게 뜬 하늘
민생은 거덜 나 바닥에서 너풀거리고
정리해고로 실업자는 또 쏟아지는데
흰소한 정치판의 밤낮 없는 싸움박질
폭설에 내려앉고
태풍에 날려가고
호우에 쓸려가고
산산이 조각나버린 생존
하루도 부대끼지 않는 날 없이
답답한 가슴만 쥐어뜯는데
봄이라고 봄이 온다고
홰능바람 해종일 몰려다니고
늦추위 으스스 소름 돋는다.

실한 끈

뿔뿔이 흩어졌던 가족들이 모여 제삿밥을 먹는다.
현조고학생부군 신위의 지방을 불사르고
높고 낮은 차례대로 돌려가며 음복주 한 잔
섣달 설한풍에 부풀어 있던 볼도 훈훈해 온다.
울고 싶어도 아직은 살아 있어 던져버리지 못하는
헛기침을 섞어가며 저마다 코를 풀기도 하고
첫닭이 홰를 치고 나서야 일 나갈 걱정으로 눈을 붙이는
버석버석 얼음을 딛고 가 헛간에다 오줌을 눌 때
눈도 안 뜬 강아지들 줄기차게 젖 빠는 소리를 들었다.

저무는 도시의 꿈

솟아오른 건물의 유리창에 구름이 뜯겨 나간다.
가로수는 더 이상 손을 흔들지 않는다.
목이 타는 일상의 낮은 소리들이 밟히는
육교바닥에 늘비한 칼, 거울, 빗, 비누, 칫솔……
콧등에 뽀얀 먼지를 쓰고 오종종하다.
하루하루가 살아가기에 버거운 사람
지나가는 곁으로 가까이 다가와
저 혹시 도에 관심이 있으세요
이제는 돈에도 관심이 없소
희망이란 구부정한 멍에를 쓰고
한참을 걸어 올라가야 하는 산동네
어느 사이 저녁 새들이 불빛을 물어다 나른다.

서북풍에게

스산한 생활의 찢어진 기폭 위에 십일월이여
진실만이 맨살을 죄다 드러내어 떨고 섰는
이미 오염으로 음습한 허위와 위선의 거리
한 가마니의 첫눈으로는 다 덮을 수 없는
어둡고 우울한 소리를 내며 이제 너는 온다.
겨우 무료급식소의 맨 끝에서 숟가락을 놓고
시린 어깨를 신문지로 가리는 노숙의 땅바닥
앙상한 꿈길 위로 펄럭이며 갈 행선지도 없이
비스듬하게 남은 햇살만이 오직 희망인 겨울
소리나도록 텅 빈 생활의 배반으로 너는 온다.

이월

봄이 온다. 사람들은 이제 머리를 동쪽으로 두고 잠을 청하며 베개맡에 오래 다독거려 온 꿈 하나를 꺼낸다. 가까이서 나무들은 잠을 설쳐가며 물을 길어다 붓는지 부산하고 오래 비워 두었던 까치집에도 청사초롱이 걸린다.

사모곡

이 봄날에 어머니 생각난다.
맑은 날은 햇볕이 아까워서도 빨래를 하고
한 뼘의 땅도 놀리는 일 없이
비 오는 날은 고무신이라도 씻어 말리는
이 봄날에 어머니 생각난다.

봄

봄비 개고 황사도 걷혔다.
봄눈 녹아내리는 지리산 줄기 아래
공비 토벌 작전 나온 군인들의 철모에도 꽃잎이 묻었다.
아지랑이 속에 보리밭 매는 아낙네들을 향해
아주머니 밑 보니 미치고 반갑네요.
길바닥에 고인 흙탕물을 튀기며 군용트럭이 달아났다.

구름에 관한 짧은 생각

시리도록 푸른 하늘도 가을이 깊었다.
서풍에 조금씩 밀리는 오후
흰 돛폭을 매다는 천상의 마을
지천으로 깔린 낙엽을 쓸어 모아 태우는
누구인가. 연기를 피워 올리는 사람은

강의 변증법

강물은 강변의 풍경들을 다 데리고 가고 싶은 것일까.
제 키보다도 더 큰 그림자를 유유히 드리우고 섰는
나무며 집이며 강언덕의 작은 풀꽃 하나까지도
어서 가자고 부지런히 따라 오라고
젊은 한 때의 격정으로 물소리 철벅거리며 내달았지만
나무와 집들은 금이 간 물결 위에 제 그림자만 수습할 뿐
언제나 정지된 풍경으로 서 있고
흘러가는 것은 강물이라는 것을 스스로 알았을 때
강변의 풍경 하나 마음 깊은 곳에 퍼담아 두려 해도
바람이 헤살부리고 먹구름이 와 덮어버리고
어떤 날은 안개가 와서 한꺼번에 다 먹어치우고
온 하루 거칠게 몸을 뒤틀며 강짜도 부려 보았지만
그 사이 강물은 또 저만치 아래로 떠내려가서
강언덕 바람에 젖어 바다가 내다보이는 어느덧 하구
먼 상류의 가파르던 발걸음이 무디어지고
성화를 부리던 물소리마저 다 죽고 죽어서
스스로 몸을 낮추며 부드럽게 마음바닥까지 열고나서야
나무며 집이며 흔들리는 풀꽃 그림자 하나도 놓치지 않고

비로소 온전히 보듬을 수 있음을 알아차린
강물은 강변의 풍경들을 다 데리고 가고 있는 것일까.

3

칠석 무렵

그 마을 지나갈 때 해종일 딸각딸각 베 짜는 소리 들린다.
아이들은 은하수 가에다 소를 풀어놓고
고무잽이를 넘기도 하고 씨름을 하기도 하고
그러다 땀이 나면 은하수로 뛰어들어 물장구를 친다.
일찍 찾아온 까막까치 떼 지어 날고 있는 서쪽 하늘로는
퍼내어도 퍼내어도 마르지 않을 저녁놀이 번진다.
하루 저녁 만남 하나로 삼백 예순 닷새 기다려 왔는데
바람이 불고 비가 오고 큰물이 지면 어떻게 하나
한 필의 비단 서리 서리 풀어 은하수 다 마르게 한다면
쉽게 허물어지는 오작교 난간 붙들지 않아도 되는데
부여잡은 소매 차마 떨치지 못해 눈물에 다 젖고마는
이별은 두고라도 찬바람 불어오기 전에 옷가지 한 벌
마당가에 피워 놓은 모깃불 다 사위어 가도록
밤 깊은 그 마을엔 아직도 딸각딸각 베 짜는 소리 들린다.

겨울 안개

벌써 몇 날을 추억은 떠나가지 않는다.
한 번의 약속으로 더욱 쓸쓸해지는 회색 도시
이 오만한 계절의 끝에서
날이 채 어둡기도 전에 살아나는 붉고 푸른 간판의
숲속으로 들어간 추억은 떠날 줄을 모른다.
그때는 붙잡고 싶었으나 이제 속절없이
한 때의 격정으로 지나쳐버린 날의 간이역
희미한 세월과 함께 도무지 그 이름이 떠오르지 않는다.
밤새도록 걸어 가 닿을 수만 있다면
오래 된 다리를 건너 그 거리와 술집과
온통 감겨오는 정감의 겨울 안개
목을 껴안으며 성숙한 포옹으로 이어지는 밤마다
홀홀 날리는 입김의 낮은 목소리로
자정의 언덕을 내려가면 아직도 기다리는 불빛
겨울 안개 속에 쿨룩거리며 잘 있는지……

소설 무렵

먼 곳의 기별을 받아 쥐고 눈이 내린다.
골목으로 길게 사라지는 지상은 언제나 낯설어
여기 저기 번지를 확인하느라
부산히 길을 건느며 다시 눈은 내리고
고이 접은 은빛 기별의 설편에는
구름의 반짝이는 고깃 비늘이 묻어 있거나
지나가버린 가을하늘의 눈부신 새털이 묻어 있다.
그리운 얼굴로 온통 설레임의 강설
평소에 말이 없던
사람들은 희미한 옛사랑의 기억으로
우편함에 손을 넣어보기도 하고
하늘 아스라히 입김을 불어 날리기도 한다.
맨발로 나와 나즈막이 눈을 맞고 섰는 나무들
오던 길로 되돌아가려는지 머뭇거리는 강물의
하얗게 남는 썰매 자국 위로
어느 사이 언덕을 내려가며 눈이 쌓인다.

울산행 통일호 열차

차창 밖으로 잠시 구름이 머물다 간다.
그늘진 일상을 구부리는 하오 두 시
이제 아내도 늙었다.
너풀대는 남루의 꾸러미를 들고
한 곳에 마음 두지 못해 늘 덜컹거리며
아직도 얼마를 더 가야 하는지
살아갈 날보다 살아온 날이 더 많은
모두 낙엽으로 떠난 빈 자리에
조금은 권태로운 먼 바다의 낮잠
아무데나 내려서 따라갈 수도 없고
부지런히 햇살이 타고 있는 하오의 철길 위에
자꾸만 흐려져 오는 쓸쓸한 시력
차창 밖을 내다보는 아내도 이젠 늙고
간이역 모퉁이를 돌아가는 꽃빛 서늘하다.

꽃의 다비식

아름답던 생애의 흔들린 자리만큼 하늘로 올랐으면 한다.
언제나 파도소리 자장가 삼아 건너간 꿈의 징검다리
붉게 물든 꽃 그림자 열어 놓고 하루 종일 떠나보낸
푸른 바다가 환히 내다보이는 곳이면 더욱 좋으리라.
가을보다 더 카랑한 연기로 솟아오르는 불길
흐드러지게 향기는 아직도 사방에 가득하고
이슬에 씻긴 아침에서 별이 노래하는 저녁까지
가장 정갈한 말씀으로 철철 넘치는 항아리
서늘한 섭리의 서릿발 앞에 풀린 옷깃을 여며
마지막 제등 행렬 요요히 떠나가는 날
흔들린 자리마다 한 수레의 종언을 부려놓고
군데군데 화상 자국 묻어 있는 폭양을
천둥 번개의 어두운 밤으로 지나가던 소나기를 태운다.
잘 익은 씨앗 비로소 눈뜨는 몇과의 사리로 남아
재를 날리며 손바닥으로 퍼담는 한 시절의 환희
아름답던 생애의 흔들린 자리만큼 하늘로 올랐으면 한다.

흐린 세상 맑은 봄날

저자 거리에 흙비가 내린다.
한 중년남자가 안경을 벗어 닦으며 투덜거린다.
오슬오슬 꽃샘추위 걷혀간 이튿날
물이 오르는 가지 끝에 연신 폭죽이 터진다.
어디에 숨어 있던 꽃들인가
하늘하늘 온 하늘을 다 가리우고
바람 속으로 한 소녀가 생글거리며 지나간다.
나 아픈 사랑에 새 살이 돋아났다고

돌다리

누가 그 날의 바람소리를 기억하는가.
봄날은 가고 헬 수 없이 세월을 흘렀는데
은빛 달그림자 따라 건너던 돌다리
아래로 꽃잎은 쏟아져 내리고
하룻밤 몇 만 리는 너무 짧아서
이제 와 사랑이라 이름 지어 불러도 될까.
아직은 풋풋한 시간으로 설익은
누가 하염없이 추억 속으로 걸어가는가.
사랑은 가고 속절없이 젊은 날도 저물어
단 한 번으로 바다에 이르는
이제 와 손을 흔들며 떠나가는 것
먼 상류의 푸른 이끼만 무성한 자리
벌써 서리 내리는 귀밑 아래 설레이는
돌다리 건너 돌아오지 않는 그리움이여
누가 그날의 바람소리를 기억하는가.

이 겨울의 첫눈

전에 없이 하늘이 낮게 내려와 악수를 청한다.
때때로 일기예보는 빗나갔지만
이때쯤 지상은 축제 분위기로 설레고
자동차들도 저속으로 주행하며 경적을 울리지 않는다.
고집스런 기억 저편의 먼 다리를 건너
난로 위에 물이 끓고 있는 찻집
목조 건물의 낡은 계단을 삐걱거리며 내려가면
이미 싸늘한 그리움의 결정체들이 밟히고
첫눈 오는 날을 위해 예비해 둔 오래 전의 약속으로
사랑하는 사람들은 무작정 거리로 나선다.
분분한 추억 속에 어른거리는 그림자
달려가면 가뭇없이 사라져버리고
자꾸 희미해져 가는 것들은
이제 마음 한 구석에서만 흩날리는 것일까.
아직도 눈발 속으로 종은 울리는데

풀꽃 하나가 피어

가장 작은 것이 더 아름답다.
한적한 들녘 아무도 돌보지 않는
작은 풀꽃 하나가 피어
맑은 하늘에 씻기고 바람에 흔들리기도 하다가
색신 고운 꽃빛 요요히 헹구어
청순한 향기 가득 가득 채우더니
제 무게의 몇 배나 되는 씨앗을 내려놓아
사방으로 길을 열고 초록 깃발을 올린다.
아직도 척박한 자갈밭에 남는 수레바퀴 자국
혼신의 힘으로 헤쳐 가는 끈질긴 의지의
빛나는 전갈로 어김없이 와 닿는
호젓한 갈피마다 묻어나는 사연
가장 작은 것이 더 아름다움인 것을
스스로 위안하며 엎드려 온 나날
쓸쓸한 내 시의 자화상을 본다.

지상의 단칸방

도라지꽃이 흔들리고 삽살개가 짖는다.
밤마다 유성이 달아나는 푸른 길 따라
삶의 더위 팔고 돌아오는 사람들
이제껏 얼굴 붉혀 목소리 높인 적이 없고
한 번도 서로 등 돌린 적이 없이
맑게 갠 가난을 팔자로 알고 살아가는 마을
좁은 골목이 바로 마당인 방문 앞에
아무렇게나 벗어 놓은 신발들도 곤한 잠에 빠져 있다.
또 하루가 끝났음을 확인시켜주는 인기척으로
밤늦은 시간을 딸그락거리는 부엌의
흐린 불빛만이 이웃과의 모든 관계
어디서 놀다 이제야 오느냐고
가끔가다 아이를 닦달하는 소리
손바닥만한 땅도 그냥 놀리는 일 없이
상추씨를 뿌리고 깨어진 그릇에다 고추포기를 심고
아직도 돌아오지 않는 사람을 기다려 불빛 하나 흔들린다.

가을 서곡

가을은 혼자 남은 사람을 따라 나선다.
꾸중하던 피 한 방울까지 정갈하게 걸러서
벌써 나무 우듬지에 가 닿는 바람소리가 다르고
지상에서 아직도 보낼 그리움이 남아 있었던가
이마에 주름살만 그려놓고 간 세월
겨우 기백원이 전부인 휴면계좌
바람 한 점 없어도 아슬히 흔들리는
삶이라는 이 쓸쓸한 정거장
마지막 그 하나의 약속도 일방적으로 파기해버린 참회
옷의 먼지 털어내듯 툴툴 털어버리고 갈 수 있을까
헤플 수밖에 없었던 지난날의 금간 술잔
굵은 소나기가 퍼붓고 건너간 밑바닥에
아무리 퍼내어도 일어서는 질펀한 죄의 향기
떠나고 혼자 남은 사람을 따라 나서는
이 가을 금박으로 장정한 시집을 헌정하고 싶다.

변방에 내리는 눈

날이 저물면서부터 눈발이 굵어진다.
희미한 불빛 하나 벌써 보안등에 기대섰고
고장난 채 깊은 겨울잠에 든 자전거
바람 빠진 바퀴 둘레를 몇 번 돌다가
차례차례로 눈이 내린다.
골목에도 문간에도 하얗게 쌓인다.
분분히 날리는 꿈의 희끗희끗한 사이
생활만큼이나 앙상히 드러나는 빈 가지에
유독 추위만 살아남는 엄동설한
연탄불 꺼진 냉돌방에서도
마음 훈훈히 겨울을 나는 사람들의 마을
한정없이 포근한 땅 끝으로 눈이 내린다.
내려라 내려라 밤새도록 내려서
막차 끊어진 길을 덮고 정류소마저 파묻어 버리고
그래도 입춘으로 가기 위한 은밀한 작업
월동의 인기척을 앞세워 눈이 내린다.

추석 지나서

이제 고향 안부는 기러기에게나 물을 일이다.
한가윗날 만월보다 더 배부르게 다녀와서
한 보따리 훈훈한 인정을 죄다 풀어 놓으며
저마다 생업의 자리에 돌아가 팔을 걷을 때
고향의 까실까실한 햇볕으로 충만해 오는 힘
처마 끝에 햇고추는 아직도 빨갛게 타고 있고
석류는 완숙의 가을을 위해 굳은 빗장을 푼다.
일상의 애환으로 때로는 삶이 허전해지더라도
금빛 바람을 비끄러매는 들녘으로 채우고
그 위에 한껏 푸른 하늘을 갖다 놓을 일이다.
이웃들의 창마다 불빛이 새어 나오는 추석 지나
따뜻한 사람들은 밤마다 긴 편지를 쓰며
무엇 하나 남기지 않고 사랑도 깊어지리라.
멀어질수록 향기로운 그리움도 깊어지리라.

먼 나라의 저녁

어둠을 말아 쥐고 별이 길을 나선다.
천지에 지천으로 널린 솔잎을 긁어 모아 태우는
오늘도 외롭고 쓸쓸한 한 사나이의 기별을 들고 바다는 떠
났다.
갑자기 더 보탤 말이 있어
등대는 뒤따라가며 목 쉰 소리로 불렀지만
중중한 파도의 이랑 너머
마을은 이미 닿을 수 없이 저물었는데
다 어디로 가는 별들인가
어린 것들의 손을 잡고 앞서거니 뒤서거니 하면서
등에 업힌 아기별이 칭얼거릴 때마다
자장가 삼아 은방울 소리를 물린다.
기별을 들고 떠난 바다는 새벽녘에서야 돌아올 것이다.
닭이 울 때를 기다렸다
사람들이 몰려와 종일을 벅적거려대는 지상의 봄날
천지에 꽃은 피어 밤이면 더 하얗도록 슬픈데……

초여름

이젠 몸을 굽힐 줄 아는 풀들이 일어선다.
녹음방초 퍼질고 앉은 지상의 은화 한 닢
상종하기 좋아하는 햇빛이 손바닥에다 올려놓는다.
하늘로 향한 창을 열어 연신 바람은 남쪽에서 오고
오직 눈부심의 향기로운 구름 피어오르는 산등성이에
일렁거리는 숲 그늘은 만 석지기의 고요
새는 멀지 않아 태어날 새끼들의 날개를 짓기에 여념이 없
다.

4

봄날

고집스런 기억의 저 편에는 언제나 푸른 보리밭이다.
할아버지 돋보기안경에서 불을 훔친 아이들은 달아나고
마을쪽에서 이내 아지랑이 불기둥이 치솟았다.
단 한 번의 날개짓으로 하늘을 활강하는 노고지리
아이들은 미답의 구름길로 해를 녹여 만든 굴렁쇠를 굴리
며 간다.

풍경

바람 속을 들랑거리며 빨래는 잘 마른다.
배추밭 머리로 노랑나비 흰나비 날아오르고
푸른 연기를 풀어 바다 위를 달리는 기차
차창으로 풍선을 날리며 아이들이 노래 부른다.
젖은 신발을 벗어 들고 손을 흔드는 파도의
초록빛 해초를 뜯고 있는 얼룩말들의 목장
울타리 가에 무더기 무더기로 민들레꽃은 피고
쇠를 달군 한낮의 해가 징을 치며 가고 있다.

흑백사진

호롱불빛이 흐릿하기는 해도 따뜻함에는 더 없이 넉넉하다.
식은 보리밥 한 숟갈 찬물에 말아 먹고
개밥바라기 별 따라 일찍 언덕에 오르면
언제부터인가 달맞이꽃 하얗게 흔들리며 부르는 소리
검게 탄 얼굴에 이빨 드러나도록 웃으며 달려오던 희망이
여
가난하였으므로 영양가가 없었는지는 몰라도
추억의 창고에는 아직도 알곡으로 그득하다.

부산 지하철 1호선 연제역

언양 혹은 울산으로 가는 차를 타기 위해
명륜동 쪽으로 가는 길
서면 지나 부전동 지나 양정 다음
연제역에 가 닿으면
연산동 교대앞 동래역을 지나서 명륜동
앞으로 네 정거장을 더 가야겠구나
하고 생각하게 하던 연제역
긴 방죽과 연밭머리와 잠자리 떼가 문득 생각나고
그 위로 한가롭게 피어오르는 구름
떠오르게 하던 연제역
어느 하루 부산광역시 청사가 옮겨 오고 나서부터
슬그머니 시청으로 이름이 바뀌어버린 연제역
시청엘 가려거든 연제역에서 내려라 하면 안 되는가
이제는 희미해져가는 이름의 연제역
더러는 일요일 예식장엘 찾아 간다고 가다
한 정거장을 그만 더 지나쳤거나
아니면 한 정거장 앞에 내려 낭패스럽던 연제역
그래도 어쩔 수 없이 정겨운

청명한 하늘로 한 송이 뭉게구름 피어오르고
긴 방죽을 따라 탐스런 연꽃이 짜드라 피고
그 위를 잠자리 떼 지어 날아오르던 시절
한정없이 한정없이 그리워지기만 하는 연제역
이제는 이름도 없이 사라져버린 연제역

가을 예감

무섭도록 푸르게 높아만 가는 가을하늘은 나의 형벌
바다에서 돌아와 단 한 번의 손짓으로
모든 것은 결별에 이르고
지난여름에도 큰 죄를 범했습니다.
냉면집을 나오면서 물수건 하나를 훔쳤고
지하철 속에서는 여자의 겨드랑이 밑을 훔쳐보았습니다.
한 번도 아니고 두 번 세 번
뉘우치기도 이미 늦었습니다.
이제 그 꾸중한 피 칼칼하게 헹구어서 황금화살을 빚는
  소리나도록 텅 빈 하늘이 무서워 계관화는 벌써부터 피를
흘리고
  다시 낙엽이 쏟아지는 가로를 쏘다녀야 할 가을은 나의 형
벌

이 가을에

가을은 떠나가는 길목의 쓸쓸한 표정이다.
아직도 두려워 가슴 떨며 입 다물고 있는 사랑
사랑한다 말 해버리면 그 사랑 다 달아나버릴까
그날 시냇가에서 띄어보낸 종이배는
지금쯤 어느 먼 하구에 가 닿았는지
적막한 이 가을에 더 적막해지는 일이란
사람 하나 쉽게 지워버리지 못하는 일
철새들이 물어다 나르는 하늘만 자꾸 높아 가고
헤플 수밖에 없었던 젊은 날의 징그러운 반점
회한의 나뭇잎만 숯불에 달아올라 뜨겁다.

이른 봄밤

이 봄에도 꽃이 되려고 향기들이 떼 지어 몰려다닌다.
한결 부드러워진 목소리로 바람은 창문을 두드리고
늦도록 아이들은 담벼락 위에서 고양이와 놀고 있다.
배꼽을 다 내놓은 사내아이가 어디서 별 하나를 주워 와
서로 돌려가며 볼이 터지도록 한 입씩 베어 문다.
밤새도록 쫄깃쫄깃 별을 씹는 소리가 들린다.

겨울날

허공에 발을 헛디딘 눈은 지상으로 투항한다.
더러는 구급차에 실려 병원으로 후송되고
잎 진 가로수는 늑골 하나를 꺼내어 촛불을 밝힌다.
제설차들이 경적을 울리며 육교를 넘어가는 오후
혼자 있고 싶은 사람은 벌써 바다로 떠났다.

첫눈

깃털 하나씩 물고 나는 굴뚝새의 눈이 빨갛다.
하얀 털모자에 두꺼운 장갑을 낀 아이
며칠 안 있으면 태어날 동생을 기다리며
단추가 떨어져 나가도록 배가 부른 어머니와
호랑이가시나무에다 조롱조롱 은방울을 말리고 있다.

방어진 일기

푸성귀들로 꽉 들어찬 밥상은 푸르도록 푸짐하다.
뜰 아래 파도소리로 닳아진 돌멩이
다시 파도에 씻기도록 제 자리에 풀어 놓고
네모 진 유리창에 종일 소리없이 갇혀 있던 바다
창을 열어 수평선을 방목하는 바다로 돌려보낸다.
흐릿하지만 이내 따뜻해오는 불을 밝히고
정갈히 씻은 손으로 숟가락을 집어 드는 음하만복의 날들
허여해 준다면 청경우독의 처소로 돌아가고 싶다.
궁색함이 맑게 갠 하늘로 늘 비어 있는 자리
잠들지 않는 바다 가까이에 걸어 두고
헌헌장부의 소나무들이 바람을 비끄러매는 곳
감사드린다. 비록 곤비한 하루였다 할지라도

겨울 연가

기별도 없이 눈발이 퍼붓는다.
새들마저 날개를 접는 앙상한 숲길의 탄식
아픔을 수반하지 않는 사랑이 세상에 어디 있으랴
마음 팽팽한 시위를 당겨 떠나는
돌아올 수 없는 그리움으로
이제는 흔적으로만 남은 아름다운 상처
다시 한 번 길게 탄식한다.
도무지 부실했던 청춘의 텅 빈 계좌번호
자동이체 되어
아무래도 빈 잔이 될 수밖에 없는
이미 유효기간마저 식어버린 언약 한 주먹
결코 나이를 갈취한 것이 아니고
단지 시간과 시간의 사이를 총총히 빠져나왔을 뿐
더러는 녹슬고 많이도 무디어진 지금
말을 건네지 않아도 넉넉히 알아들을 수 있어
숲길에 눈발 그치는 소리
마음의 바람벽에 한 폭 그림으로 걸려 있는
도대체 회한의 긴 그리움은 무엇인가

황량한 풍경 속으로
하얗게 서 있는 편력의 강물
다시 굵은 눈발이 퍼붓는다.

십일월

낡은 외투의 단추는 안녕한가.
황량한 추억으로 가고 있는 가로수의 긴 그림자에
비감의 노을이 걸린다.
돌아가는 길을 잃고 아직도 가지 끝에 머무는 잎
마지막 뜯겨나갈 바람의 달력 펄럭거리는 저녁
비좁은 차 속에서 석간신문을 읽으며
돌아가 불을 밝힐 집이 있는 사람은 행복하다.
법랑 주전자에서는 물이 끓고
쓰다 만 긴 편지를 읽으며 잠 못 이루는 밤
창밖엔 얼음이 어는지 또 어깨가 시리다.
비록 희망은 바닥이 다 드러나
팔베개 고쳐 돌아누우며 꿈꾸는 봄
아직은 멀고 한참 더 기다려야 하지만
이미 낙엽은 거리를 떠났고
나무들은 귀를 세워 눈 오는 소리를 엿듣고 있는가.

상림

햇빛 이리도 맑은 날은 누군가의 숲이 되고 싶다.
바람이 길을 묻고 있는지 나뭇잎들이 수런거리고
남겨 둔 그리움에 가 닿기엔 아직도 눈이 부시어서
피리소리 문득 머물다 가는 우듬지를 내다본다.
밤새 젖은 미반의 새 낮게 날고 있는 서늘한 그늘
이제 상처도 나이테로 감겨 둥치가 되고
누군가의 숲으로 서기 위해 숲의 한 끝이 펄럭인다.
이미 화석이 되어버린 회상의 시간 속에서
조금은 희미하지만 결코 추억이 늙지 않는 것은
낙엽으로 완성되는 가을을 예비해 둔 때문일까
살아 있어 가끔은 금이 가는 시린 마음으로
숲길을 가며 누군가의 또 하나 숲이 되고 싶다.

다 잠든 한밤에

어둠이 복면을 하고 담을 넘는다.
뒤쫓아 가던 시도 놓쳐버리고
다 잠든 한밤에 몰래 부엌에 들어가 밥을 꺼내 먹으며
그렇다. 언제나 공복으로 버티어 온
적막한 날들의 숟가락질 소리
이순도 지나고 간간이 들리는 이명의 그림자
밟아놓고 문득 놀라는 다 잠든 한밤에
어디서 고양이가 울고 간다.

시인이 쓰고 고른 내 삶의 열 장면 / 김석규

1. 고집스런 기억의 저 편

　지리산의 한 자락인 경상남도 함양군 휴천면 금반리 304번지는 나의 본적지이다. 아버지 김몽우 어머니 송수점의 2남1녀 중 막내로 태어났는데 어머니는 서른여덟의 늦은 나이로 나를 낳았다고 한다. 위로 누님과의 터울이 여섯 살이고 이미 고인이 된 형님과는 열네 살이나 차이가 났으므로 집에서는 아버지보다 형님이 더 무섭고 겁이 났다. 누님이 태어난 그 해엔가 큰물이 져서 세간과 전답을 모두 쓸려보내고 이내 읍내로 이사를 했다니까 나는 함양읍에서 나고 자란 셈이 된다. 일제강점기 말기의 암울했던 시절 지금도 아련한 기억은 밤중이라도 공습경보가 내리면 재빨리 소등을 하고 어머니 등에 업혀 대피소로 달려갔던 일들이 떠오른다.

가정형편은 밭 한 뙈기 없이 몇 마지기의 논이 전부였으므로 넉넉지가 않았고 해마다 보리고개를 넘기기까지는 무척 힘겨웁게 보내야 했다.

정일근 시인은 시집의 권말에 넣을 사진이 있어야 한다는데 내게는 이 무렵의 고추박이 백일 사진도 돌 사진도 한 장이 없다.

입에 풀칠하기에도 버거운 참으로 척박하고 피폐했던 시절에 사진관은 너무도 멀리 있었고 요새처럼 그 흔한 사진기는 감히 엄두도 낼 수 없었을 것이다.

그래도 난 아무 걱정 없이 부족함 없이 자랐다.

농사철이라도 비가 와 들일을 나갈 수 없는 날엔 그 특유의 낭랑한 목청을 뽑아 책을 읽는 아버지 곁에서 잠을 잤고 달밤엔 동네 아이들과 새벽까지 놀았다.

푸른 보리밭과 물레방아가 돌아가는 언덕을 달아나던 아지랑이며 추수 끝난 횅한 들녘 가득히 갈가마귀 소리는 고집스런 기억의 저편에 아직도 살아있다.

2. 어린 날의 슬픈 초상

동족상잔의 처절한 전쟁이 휩쓸고 간 참상과 폐허의 그늘에서 초등학교 시절을 보냈다. 학교는 군인들이 들어와 병원삼아 쓰고 있었고 우리들의 수업은 산비탈 양지쪽이거나 큰 나무 그늘 아래서 이루어졌다.

"무찌르자 오랑캐 몇 백만이냐/ 대한 남아 가는데 초개로구나……"로 시작되는 '승리의 노래'에서부터 '6·25의 노래' '행군의 아침' '전우야 잘 자라' '용진가' 등 군가나 행진곡을 부르며 나무 막대기로 만든 총을 들고 하는 병정놀이가 거의 매일의 일과였으며 아이들의 호주머니는 크고 작은 탄피들로 불룩했고 쫓아갈 때마다 놋쇠 소리로 골목이 가득 넘쳤다.

아버지는 은근히 내가 정치가나 법관이 되었으면 하고 바라는 눈치였다. 어린 나에게 헌법 전문을 달달 외도록 했고 각종 웅변대회가 있을 때마다 한 번도 빠지지 않고 내보냈다.

제법 긴 분량의 웅변원고를 한 이틀이면 너끈히 외어냈고 대회에 나갔다하면 어김없이 상을 받아 왔으니 그럴 만도 하다. 비단 웅변 대회뿐 아니라 학예회 때는 언제나 주역을 맡았고 글짓기, 그리기, 글씨쓰기 등 여러 행사에 나가서도 꼭꼭 입상을 했었다. 그런가 하면 체력은 좀 딸렸던지 운동회 때는 기가 죽었고 한 해에 며칠은 아파 결석을 하는 바람에 개근상, 정근상은 받지 못했어도 우등상은 놓쳐본 적이 없다.

상장과 상품을 받아 들고 더욱 의기양양해진 나는 집으로 가는 골목으로 접어들면서부터 큰 소리로 어머니를 부르며 달려가곤 했다. 그때마다 젖은 손을 치마폭에다 훔치고 뻘건 도장이 찍힌 상장을 받아든 어머니는 한글도 깨우치지 못하였으므로 어떤 상인지 또 몇 등인지도 물론 알 턱이 없이 어떨 때는 상장을 거꾸로 들고 있었지만 그렇게도 흡족해 하고 기뻐하다가도 이내 눈물을 보이며 '남들 같이 잘 멕이지도 입히지도 못했는데…' 하는 것이다. 번번이 그랬다.

당장 가서 눈깔사탕 하나라도 사 먹으라고 선뜻 집어줄 돈 한 푼마저 수중에 없었으리라. 철이 들면서 나는 상이 어머니를 더 이상 기쁘게 하는 것이 아님을 알고는 굳이 상을 받으려고 애를 쓰지 않았고 혹 어쩌다 받게 되었을 때는 아무렇게나 구겨서 장롱 밑이 아니면 쌀뒤주 뒤에다 던져버리곤 했다.

3. 고독의 숲 근처에서

고향엔 웃숲이라는 기가 차게 아름다운 숲이 있다.

천령고을이라 일컫던 신라 적에 이곳 태수로 부임한 고운 최치원이 홍수를 막기 위해 제방을 쌓고 조림한 숲으로 천년도 훨씬 넘는 나이를 자랑한다.

　함양농업고등학교는 나에게 사색과 고독이라는 영양소를 공급해 준 곳이다. 농업통론에서부터 축산, 채소, 원예, 화훼, 임업, 보통작물, 특용작물, 토양비료, 가금, 농업기상학, 농업가공 등 농사 전반에 관한 교과를 이수한다는 것은 가난한 농부의 아들인 나에겐 선택이 아닌 필수였었다. 수려한 지리산을 바라보면서 오늘도 대지를 개척해 나간다는 가사의 교가를 부르면서도 언제나 가슴 한 켠엔 텅 비어 있음을 느꼈다.

　여름이나 겨울방학이 오는 것이 그렇게 싫었다.

　서울, 부산, 마산, 진주 등 외지로 공부 나갔던 학생들이 돌아오기 때문이다. 저들끼리 어울려 삼삼오오 어깨를 펴고 다니는 것을 볼 때마다 심한 좌절과 열등감으로 몸이 다 여위어 갔다.

　자연히 책을 집어 들게 되었고 그럴수록 더 가까이 갈 수 있었다.

　초등학교 교사였던 형 또한 집에 있는 거개의 시간을 독서로 보냈으므로 비교적 많은 책들을 쌓아 두었고 그때 벌써 형은 <사상계>와 <현대문학>을 정기적으로 받아보고 있었다.

이것저것 가리지 않고 닥치는 대로 읽었다. 춘원, 월탄, 김동인, 김동리, 황순원을 읽어나갔고 무엇 때문인지 강경애의 [지하촌]은 세 번이나 읽었다. 김소월, 윤동주, 이상화, 이상, 정지용, 김기림, 예이츠, 워드워드, 롱펠로, 휘트먼, 까뮈, 싸르뜨르도 접할 수 있었다.

그때 책을 읽고 났을 때의 진한 감동은 이제 희미하여 전해오지 않지만 오직 혼자만의 침잠된 시간 속에서 또 하나의 나를 엮어나갔음이 틀림없다.

4. 파수병으로 서서

군번 0040985, 계급은 일등병이었다.

논산 훈련소에서 신병 교육을 받고 다시 전북 익산에서 후반기 보병 훈련을 마쳤을 때는 한겨울이었다. 밤새도록 열차를 타고 춘천 103보충대에 도착해 꼬박 하루를 추위에 떨며 묵은 후 덮개를 친 트럭에 올라 좁고 험난한 비포장도로를 몇 시간이나 달려가는 동안 차가 요동칠 때마다 언뜻 언뜻 보이는 산과 냇물은 온통 하얀 눈과 얼음으로 덮여 있었다.

배속된 2사단 32연대 12중대는 강원도 인제 원통에서 긴 겨울을 나고 있는 중이었고 이듬해 삼월엔가 밤새도록 행군 끝에 양구로 부대이동을 해 갔다.

처음 도착해 그렇지 않아도 낯선 판인데 막사마다 몇 개씩 세워둔 긴 당그래 모양의 도구를 보고 고참에게 물었더니 퉁명스럽게 있어 보면 안다고만 했다. 그런데 당장 그날 밤부터 함박눈이 퍼붓기 시작했고 그것은 막사 지붕의 눈을 긁어내는 데에 없어서는 안 될 요긴한 장비였다.

　이후 눈만 오면 막사 지붕의 제설작업은 지루하도록 밤잠을 설쳐 가며 셀 수도 없이 계속되었다.
　이때의 병영생활 체험에서 얻은 시 [파수병]은 훗날 <부산일보> 신춘문예 공모에서 당선작으로 뽑혔다.

　　　　　1
　창 너머 별이 유난히 반짝인다.
　밖엔 바람이 불고 있다.

　피곤한 내 이마 위에 전달되는
　…… 삼번초

오늘 밤도 부엉이가 울어 줄래나

끄으름내 쐐한 토막의 병사에
풍요한 밤의 사유는 출렁이고
그 강안을 나아가는 소등나팔
나이 어린 병정은 고향을 꿈꾼다.

　　　　2
조국의 밤을 지키는
나는 이등병

사랑의 밀어를 지니고 있는 가슴은
어느 것이고 참으로 좋은
풀이고
나무이고
꽃이고

나의 귀를
나의 눈을
가진 초소 위에
조국은 사생아처럼 건재하다.

　　　　3
　가로누운 155마일의 휴전선에 밤이 없고 낮이 없다. 내가 또 하나의 나
를 전송한 고지엔 애달피 밤을 쫓는 탁목조의 피 여울이 있고 그 여울목에
선 우리들은 갈대.

　꼭 쥐어진 총구에 불꽃은 멎어도 아직은 화약 냄새 서린 산하에 유실되어
가는 차단된 통로와 무명용사의 무덤들. 나는 심안에 꽃보다도 환한 불을 켜

90

고 밝은 내일을 향해 가슴을 활짝 편다.

— [파수병] 전문

언젠가 숙영훈련을 나갔다가 돌아오는 길에 옥수수 몇 통을 방독
면 주머니에 넣어와 잘 굽지도 않고 먹고는 심하게 설사를 만났던
일이며, 기르던 토끼가 없어지자 이웃 중대의 토끼장에 몰래 기어들
어 없어진 마리만큼 잡아 왔던 일도 기억난다.

제대할 때까지 내가 소지했던 총기번호 986618의 카빈 소총도
지금 잘 있는지….

5. 결혼

내 나이 스물세 살 나던 그해 이른 봄에 결혼을 했다.

그러고 보니 형도 나와 같은 나이에 장가를 갔다고 들었다.

아내인 박윤희와는 4년 가까운 연애 끝에 전통 혼례 양식으로 결

혼식을 올렸는데 사모관대를 하고 여러 사람들 앞에 서 있는 것이
참 부끄럽고 어색해서 쩔쩔 매었던 것으로 기억한다.

그 무렵 군에서 막 제대를 했던 처지라 아직 발령도 나지 않은 상
태였고 그렇다고 혼례비용을 댈 만한 경제력도 없었다. 그래서 직장
도 잡고 한 일년 돈이라도 좀 모은 후에 결혼을 하는 것이 어떠냐고
해도 처가 쪽에서는 찬물 한 그릇만 떠놓고 해도 좋으니 일찍 하자
고 해서 아버지가 그만 허락하고 만 것이다.

내가 고등학교 2학년 때 어머니가 돌아가셨기 때문에 아버지 혼
자서 일을 주선할 수밖에 없었고 세상물정에 어두웠던 만큼 어려움
도 컸으리라.

정말 아무 것 하나 손에 쥔 것 없이 맨 바닥으로 한 결혼이었다.

이런 형국에 신혼여행은 말도 꺼낼 수 없었고 그 흔한 예물 반지
하나도 만들어 주지 못한 것이 지금까지도 아내에게 미안하고 가슴
아픈 일로 남아 있다.

6. 진주에서 보낸 청년교사 시절

고등학교 졸업이 가까워오자 대학 진학문제를 두고 고민에 빠졌
다. 5급 을류(지금의 9급 공무원) 공채 시험을 보느냐, 대학엘 가느
냐, 대학이면 어느 대학 무슨 과를 택할 것이냐가 문제였다.

졸업 후엔 취직이 보장된 사범대학이 아무래도 나을 것 같아 마침
부산에 사는 작은아버지한테 입학원서를 보내달라고 아무도 모르게
편지를 썼다. 시험에 떨어지면 그만이고 다행히 합격이라도 하면 작
은아버지 집에서 그냥 밥은 얻어먹을 수 있을 것으로 생각했다.

사실 그때의 집안 형편은 어머니가 돌아가신 직 후였고 형은 폐결
핵을 앓고 있어 말이 아니었다.

　합격증명서와 등록금 납부통지서를 내어 놓았을 때 아버지는 한숨만 쉴 뿐이었다. 이렇게 해서 어렵사리 대학시절로 이어졌고 나는 몇 군데의 가정교사를 하면서 졸업까지 했다.

　이때 난 아버지께 큰 불효를 저질렀던 일이 하나 있다.

　교생실습을 나가야 하는데 시즉 입고 나갈 양복이 없어 아버지께 편지를 하면서 몹시도 비관적인 투로 썼더니 어디서 빚을 내었는지 당장에 돈을 구해 가지고 오셔서 눈물을 흘리시게 한 일이다. 그때 내가 왜 그랬는지 후회막급이지만 이젠 아무 소용없는 일이 되고 말았다.

　졸업하자마자 이내 교단에 설 수 있었고 5·16혁명이 일어난 뒤엔 고향의 서상 함양초등학교에서 잠시 근무하다 중등학교로 옮겨 진주에서 줄곧 십수 년을 보내게 된다.

　대학에서 전공한 미술과 자격증 외에 검정고시를 거쳐 취득한 국

어과 자격증을 가진 일테면 복수자격증 소지자인 나는 그만큼 경쟁력이 있었고, 당시 통상적 관례로 미혼자는 좀체 갈 수 없었던 여학교도 나는 기혼이었으므로 아무런 장애가 없었다. 처음엔 국어와 미술을 가르치다 뒤에 가서는 미술만 전담했는데 특별활동부서는 여전히 문예반 지도를 맡아 각종 백일장 행사에도 나가고 학교신문 교지도 발행했다.

이때 참여한 학생들로 지금 문단에서 활동하고 있는 사람으로는 시에 이정화, 김언희, 조영희, 수필에 김혜숙, 배혜숙, 정명수 등을 꼽을 수 있다.

7. 문단 등단 시절

1964년 12월도 막바지에 이르렀다.

그 동안 쓰고 다듬었던 작품들을 몇 몇 신문사의 신춘문예에 던져놓고 혹시 무슨 소식이라도 있을까 하고 은근히 기다리던 참이었다.

육십령이 있는 덕유산 아래였으므로 겨울이면 사흘들이 눈이 내리고 이로 인해 해동이 되기까지는 교통마저 두절되는 일이 잦았다. 저녁 무렵이 되어서 한 통의 전보를 받았다. <부산일보> 신춘문예 당선을 진심으로 축하한다는 평소 잘 알고 지내는 분이 보낸 것이었다. 순간 뛸 듯이 기뻤지만 한 편으론 중앙지에 당선되었더라면 하는 아쉬움이 없지도 않았다. 신문도 우송되어 오는 것을 받아 보는 곳이었으므로 지국을 찾아갈 수도 없고 그렇다고 당장 함양읍내까지 가려해도 눈 때문에 차가 다니지 않아 속만 태우고 있을 뿐이었다. 이런 연유로 당선소감은 며칠이 지나서야 실리게 되었고 그때서야 심사위원이 유치환, 김태홍 두 분이라는 것도 알았다.

　청마 선생님과는 이렇게 지면으로 이어졌고 정작 뵐 수 있었던 기
회의 시상식 때는 불가피한 일로 참석하지 못하는 바람에 이룰 수가
없었다. 청마 선생님을 처음 뵌 것은 그 해 여름 고향인 함양에서였
다. 선생님은 방학을 틈타 지리산 아래의 실상사로 가는 길이었다.
한 일주일가량 머물었던 것으로 기억된다. 요즈음의 양상은 많이 달
라졌지만 그 때만 해도 지방지의 신춘문예 당선은 인지도도 낮을 뿐
만 아니라 작품 활동을 하는데도 힘이 되지 않았다. 그래서 다시 권
위 있는 문예지의 추천 과정을 거치기로 하고 <현대문학>지의 신인
추천제도에 응모하기로 하고 부지런히 작품을 보냈다. 마침 추천 심
사위원을 지명 응모하는 규정이 있어서 청마 선생님께 보여드리기로
하고 한 차례에 스무 편 내외를 보냈던 것으로 기억한다. 이렇게 해

서 햇수로는 3년에 걸친 <현대문학> 시 부문의 추천과정을 완료하게 되는데 마지막 작품이 1967년 2월호에 실리고 청마 선생님은 바로 그달 13일 부산 좌천동 앞길에서 불의의 교통사고로 타계하였으니 나는 청마 유치환 선생님의 마지막 추천 시인이 되었다.

8. 처녀시집의 서문

나의 처녀시집 <파수병>은 조연현 선생님의 서문을 받아 1967년 여름에 간행되었다. 그 서문을 여기에다 옮겨보면

김석규형은 1965<부산일보>의 신춘 현상문예모집의 시부에 당선된 이후 다시 <현대문학>지의 3회 추천을 완료한 시인으로서 지금은 진주여자중학교에서 미술과 국어를 가르치고 있는 젊은 교직자다.

누구보다도 열심히 청마 유치환 사백에게 사사했고 또 그 분의 추천으로 문단에 나온 이 시인의 처녀시집에 내가 이 짧은 글을 쓰게 된 것은 오로지 우리와 유명을 달리한 청마사백의 할 일을 외람되이 내가 대신하는 것뿐이다. 김 형의 시는 타고난 풍부한 감성과 서정 서민적 토속적인 제재 속에서 보다 높고 깊은 앞날의 가능성을 향하여 조용히 자기를 키워가는 그러한 삶의 질서로 엮어져 있는 것같이 보인다. 이것은 그 작품이 현재보다도 더 많이 장래를 향해 가고 있다는 의미도 될 것이다.

나는 이 시집으로서 많은 사람들의 새로운 관심과 주목을 받게 될 이 시인의 보다 훌륭한 장래의 결실과 성공을 축원해 마지않는다. 이 시인에 대한 나의 이러한 축원은 비단 청마사백의 뜻을 대신하는 데 그치는 것만은 아니다. 이것은 성실하고 유능한 모든 젊은 시인들에 대한 누구나의 한결같은 소망이 아닐까.

　염치를 무릅쓰고 휘경동 자택으로 찾아간 문단의 새파란 신인을
따뜻하게 환대함은 물론 처음 뵙는 자리에서 부탁드린 서문도 쾌히
승낙해주신 조연현 선생님의 은혜는 지금도 잊을 수 없다.

　나의 세 번째 시집인 <풀잎>에도 선생님은 서문을 주셨고 출판까
지 현대문학사가 맡아 주었다.

　김석규씨는 지방에서 시를 쓰고 있는 많은 시인들 중에서 늘 나에게 주
목을 강요하는 몇 사람 안 되는 시인중의 한 사람이다. 그가 나의 주목을
강요하는 것은 평범하면서도 비범한 그의 시의 능력 때문이다.

　김석규씨는 토속적이며 서정적인 바탕에다 현대적이며 또한 현실적인
의지를 부가한 그러한 작품을 쓰고 있다. 이 두 가지 요소는 다같이 어디
에서나 쉽게 볼 수 있는 평범한 시제들이다. 그러나 이 양자가 김석규씨
의 작품으로서 조화되었을 때는 비상한 호소력을 갖는다. 앞에서 평범하
면서도 비범한 그의 시의 능력이라고 말한 것은 그의 이런 점을 의미한
것이다. 그가 자연과 농촌을 즐겨 노래하면서도 항상 시대적인 고민이나
감각을 부각시키고 있는 이유도 이 때문일 것이다.

이 시집은 그의 세 번째의 시집이다. 그가 한 시인으로서 우리 시단에 확고한 좌석을 마련하고 있음을 보여주는 뚜렷한 한 증거인 동시에 우리 시단의 또 하나의 한 능력의 표시이기도 하다. 김석규씨의 변함없는 조용한 정진이 더 큰 빛을 발해줄 것을 기대한다.

세 번째 시집인 <풀잎>의 출판기념회 때는 진주까지 내려와 축사를 해주셨고 그날 밤 행사에는 경남도내 원근 각지에서 온 많은 문인들로 해서 대성황을 이루었으며 이차, 삼차로 이어지는 술자리는 진양호까지 가 밤을 꼬박 새웠다.

9. 교유 문인들

천성이 활동적이거나 사교적이 아니어서 문인들과의 교유범위는 그리 넓지 않다. 거기에다 지연 혈연 학연으로 연결시킬 만한 아무런 줄도 갖고 있지 않으니 오히려 마음이 편하다.

현재 활동하고 있는 부산의 <시와 자유>동인인 김영준, 김창근, 김 철, 박응석, 이상개, 이해웅, 임수생과 김인환, 임명수 시인과는 이십 년 넘게 허교해 오고 있다. 방어진에 있는 울산교육연수원 원장으로 있을 때인 지난 겨울 서울의 이영걸, 홍해리 시인이 다녀간 적이 있다. 진주에 있을 때의 1976년 여름에 우리들이 처음으로 만났으니까 그로부터 이십오 년의 세월이 흘러가버렸다.

나의 시집 가운데 <닭은 언제 우는가>라는 것이 있는데 그 당시 시월유신으로 잔뜩 굳어 있는 정국과 관련해 불순한 언사가 들어 있다는 이유로 정보기관에서 모두 거두어 가버린 책이다.

　이 책이 나올 수 있도록 주선해 준 이가 바로 이영걸 시인이다. 변형 문고판 크기의 시리즈로 간행되던 시집이었는데 그 첫 번째가 이영걸 시인의 <귀향> 두 번째가 홍해리 시인의 <무교동> 세 번째가 나 네 번째가 정순영 시인의 <꽃이고 싶은 단장>으로 이어졌던 것으로 기억한다. <풀과별>의 추천으로 등단한 정순영 시인은 진주에 온 지 얼마 되지 않았고 그때 대학에 나가고 있었다. 처음으로 얼굴을 대한 사이지만 우리 넷은 십년지기 이상으로 어우러져 술을 마셔대기 시작했는데 진주에서는 숨이 들 차 삼천포로 원정까지 해가면서 꼬박 이틀 밤낮을 마셨던 일은 지금도 신선하다.

10. 현대문학상 수상

　나의 약력란에 오르는 수상경력은 1975년 경남도 문화상, 1986년 현대문학상, 1994년 봉생문화상, 1996년 부산시인협회상 수상이 전부이다. 그러나 그동안의 작품 활동을 놓고 볼 때 결코 적은 횟

수의 수상은 아니다.

  등단한지 10년만의 첫 수상에 이어 약 10년 주기로 상을 받은 셈인데, 경남도 문화상은 행정기관에서 시상하는 것이고, 봉생문화상은 부산의 민간단체에서 그리고 부산시인협회상은 부산시인들의 소박한 정성으로 만들어진 것인데 비해 현대문학상은 문학적 성취도를 인정받는 대외적으로 널리 알려져 있는 권위 있고 공신력 높은 상이라고 생각한다.

  요즈음 생판 듣도 보도 못한 상들이 난립되어 있어 등단한지 3,4년이면 벌써 한 두 개의 수상경력을 버젓이 자랑삼아 내세우는 것을 보면서 현대문학상 수상자인 나는 스스로 긍지와 자부심을 느낀다.

  시집 <저녁 혹은 패주자의 퇴로>가 행운을 안겨주었다.

  서민적 생활의 애환과 고달픔을 주조로 한 시편들로 엮어진 이 시집의 해설을 이형기 선생이 써서 더욱 빛을 발했다고 본다.

수상자로 결정되었다는 소식과 함께 빨리 수상소감을 적어내라는
연락을 받고 도무지 믿어지지 않을 정도로 기쁜 나머지 수상소감의
한 줄도 떠오르지 않았다. 겨우 가까스로 쓴 소감을 보냈으나 연말
의 우편물 폭주로 인했던지 원고가 도착하지 않았다는 독촉과 함께
꽤 긴 분량의 원고를 전화로 불러주었던 일이 지금도 잊혀지지 않는
다. ❀

지은이와
협의하에
인지생략

적빈을 위하여

초판 1쇄 발행 2002년 8월 10일
지은이 / 김 석 규
펴낸곳 / **새로운눈**
펴낸이 / 이 춘 호

편 집 / 이 지 현
영 업 / 장 기 봉
등 록 / 2002년 4월 19일(제1-3031호)
주 소 / 서울 종로구 당주동 32 황금빌딩 302호
전 화 / (02)722-6603
팩 스 / (02)722-6604
E-mail / dangre@dangre.co.kr

ⓒ 김석규, 2002
ISBN 89-952999-2-4 03810
새로운눈- 아름다움과 진실을 당신과 더불어 살피는 눈입니다.